Digitales Scheitern –
analoger Wahnsinn

Wenn der Kühlschrank widerspricht

AF192222

Impressum

Digitales Scheitern – analoger Wahnsinn
Autor: „VORELLE" Volkmar Relle (alias Fritz)
© 2025 by Volkmar Friedrich Relle
Alle Rechte vorbehalten.
Covergestaltung: [„VORELLE"]

Satz und Layout: LibreOffice
Verlag: BoD · Books on Demand GmbH, Überseering 33,
22297 Hamburg, bod@bod.de
Druck: Libri Plureos GmbH, Friedensallee 273,
22763 Hamburg
ISBN: 978-3-8192-6467-2
Dieses Buch ist eine humorvolle Auseinandersetzung mit den
Eigenheiten der Digitalisierung. Ähnlichkeiten mit realen
Personen, Geräten oder Sprachassistenten sind rein zufällig.
Oder beabsichtigt. Man weiß es nicht.

Weitere Informationen unter:

www.vorelle.de
www.schwitz-mit-fritz.de
www.pepironie.de
Instagram: @vorelle_official

Über den Autor

Volkmar Friedrich Relle wurde nicht mit einem Smartphone in der Hand geboren – sondern mit einem ordentlichen Respekt vor Wählscheiben, Kassetten und Menschen, die „Fernsehen" noch als Ereignis betrachteten.

Er ist Jahrgang Mitte des letzten Jahrhunderts, Rentner mit Restenergie, Aufguss-Entertainer mit Saunahut und digitaler Spätzünder mit Humor.
Wenn er nicht gerade Massagen durchführt oder ironische Texte schreibt, fragt er sich, wie man die automatische Einkaufslistenfunktion im Kühlschrank deaktiviert – und ob man mit einem Router sprechen sollte, bevor man ihn neu startet.

„Wenn der Toaster ein Konto hat" ist sein ironischer Versuch, die moderne Welt zu verstehen – und sie gleichzeitig ein bisschen liebevoll zu verspotten.

Seine Devise:
Lache nie über Menschen mit Technikproblemen. Du bist nur ein Update davon entfernt, selbst einer zu sein.

Inhalt

Vorwort

Bonuskapitel

Sondermodule

Nachwort & Dank

Vorwort – Ein Leben zwischen Router und Realität

Es gibt Bücher, die verändern dein Leben.
Dieses hier vermutlich nicht.

Aber vielleicht verändert es deinen Blick auf den Toaster.

Denn ich bin kein Technik-Experte. Ich bin nur ein ganz normaler Mensch, der dachte, er hätte die Welt verstanden – bis seine Zahnbürste plötzlich ins WLAN wollte.
Ich wollte nur duschen.
Jetzt rede ich mit Lampen.

Was Sie in den nächsten Seiten erwartet, ist kein Fachbuch.
Es ist eine Selbsthilfegruppe in Buchform – für alle, die schon einmal versucht haben, ihr Passwort einzugeben und dabei ihre Identität verloren haben.
Für alle, die schon einmal von einer App kritisiert wurden.
Und für alle, die glauben, dass ihr Router manchmal absichtlich stumm bleibt, weil er einfach keine Lust hat.

Dieses Buch ist meine persönliche Tour durch das digitale Neuland – voller Stolperfallen, Missverständnisse und sprechender Geräte.

Ich lade Sie ein, mit mir zu lachen, zu nicken und gelegentlich zu fluchen.

Denn eines ist sicher:

Wenn der Toaster ein Konto hat, ist es höchste Zeit, das Handy mal kurz aus der Hand zu legen – und dieses Buch aufzuschlagen.

Herzlich willkommen.

Volkmar Relle

alias „Der Typ, der sein Knie auf Instagram berühmt machte"

Kapitel 1: Von der Wählscheibe zum Wischbildschirm

Es gibt Dinge, die altern in Würde – guter Wein, Opernsänger, manche Hunde.

Und dann gibt es mich – einen digital angeschlagenen Endsechziger, der morgens mit dem Smartphone aufsteht, aber abends trotzdem noch nach der Fernbedienung wie nach einem alten Freund sucht.

Früher – also damals, als Telefone noch einen festen Wohnsitz hatten – war alles einfacher. Oder zumindest weniger kompliziert. Wenn man telefonieren wollte, wählte man eine Nummer. Richtig *wählte*. Mit einer Scheibe. Aus Metall. Mit Fingerloch und Widerstand. Ein Vorgang, der pro Ziffer mehrere Sekunden dauerte, was besonders bei langen Telefonnummern zu Muskelkater im Zeigefinger führte.

Ich erinnere mich noch genau an das erste Mal, als ich das „Amt" rief – so nannte man damals das nebulöse Wesen, das hinter dem Summton steckte. Ich sprach sehr deutlich, denn man wusste nie, wie viele Kabel zwischen einem selbst und dem Gesprächspartner lagen – manchmal klang der Nachbar schon wie ein bulgarischer Botschafter.

Heute dagegen reicht ein Wisch über das Display – und man ist mitten in einer Videokonferenz mit fünf schlecht ausgeleuchteten Menschen, von denen einer garantiert ins Mikrofon atmet, während der andere seine Kamera auf den Hausflur richtet.

Doch zurück zu früher.

Meine Eltern hatten ein dunkelgrünes Telefon mit Spiralkabel – das legendäre „Postmodell FeTAp 611". Das stand im Flur auf einem kleinen Tischchen, daneben lag ein Notizblock mit Kugelschreiber, falls es eine „wichtige Nachricht" zu notieren galt. Ich habe diesen Block übrigens nie benutzt – alle Nachrichten, die ich je entgegennahm, bestanden aus einem „Er ruft später zurück" oder einem „Keine Ahnung, was er wollte, klang wie Ungarisch".

Jahre später kam der Anrufbeantworter.
Ein technisches Meisterwerk mit Kassette!
Mein Vater stand davor wie Indiana Jones vor einem Tempel.
Er sprach so laut hinein, dass man seine Botschaft wahrscheinlich bis nach Bielefeld hörte – und trotzdem verhaspelte er sich regelmäßig beim Satz „Hallo, hier ist Familie..." – weil er nie sicher war, ob er „Relle" oder „Familie Relle" sagen soll.

Heute nehme ich Sprachnachrichten auf – und lösche sie wieder, weil ich mich anhöre wie ein entfernter Verwandter von Donald Duck auf Speed.

Damals hatte man einen Telefonapparat. Heute hat man ein Smartphone, das gleichzeitig:

- Kamera,
- Taschenlampe,
- Schrittzähler,
- Kalender,
- Kreditkarte,
- Wetterdienst,
- Wecker,
- und gelegentlich sogar ein Telefon ist.

Ich weiß nicht, wann genau das Telefon aufgehört hat, einfach nur ein Telefon zu sein.
Aber ich weiß, dass es ungefähr zu dem Zeitpunkt war, als ich das erste Mal den Satz sagte:
„Was muss ich drücken, damit das wieder weggeht?"

Digitale Lektion des Tages:

Wer früher die Wählscheibe mit dem Finger drehte, bedient heute sein Smartphone mit der Lesebrille auf der Nase – und sehnt sich ins Postamt zurück.

Kapitel 2 – Der Videorecorder, der mich nicht kannte

Es war eine Zeit, in der Geräte noch Tasten hatten. Viele. Und manche davon hatten sogar eine Funktion. Ich erinnere mich an jenen schicksalhaften Tag, als ich beschloss, die Sonntagabend-Sendung „Wetten, dass...?" aufzunehmen. Eine historische Entscheidung, wie sich herausstellen sollte.

Mein Videorecorder – ein schwarzer Kasten mit blinkender Uhrzeit und mehr Symbolen als eine Maya-Kalender-Tafel – sah harmlos aus. Bis ich versuchte, ihn zu programmieren.

Zunächst musste ich die Uhr einstellen. Einfach? Denkste! Mit den Tasten „CH+", „CH–", „>>" und einem mysteriösen „PROG" kämpfte ich mich durch das Labyrinth. Nach 20 Minuten hatte ich zwar 17 Uhr eingestellt – leider am 01.01.1984.

Die Aufnahme sollte um 20:15 Uhr starten. Stattdessen blinkte der Recorder kurz auf, begann zu spulen und schaltete dann in den Standby-Modus – vermutlich aus Mitleid. Als ich später das Band zurückspulte, fand ich: Nichts. Kein Gottschalk. Kein Wettkönig. Nur ein Testbild und meine aufkeimende Verzweiflung.

Ich fragte meinen Sohn. Er sagte nur: „Papa, in zehn Jahren lacht man über sowas. Dann gibt's alles auf Festplatte."

Ich lachte nicht. Ich heulte innerlich.

Und schaltete auf ARD – live. So wie Gott das Fernsehen erfand.

Digitale Lektion des Tages:

Manche Geräte funktionieren nur, wenn sie dich respektieren. Mein Videorecorder tat es nie.

Kapitel 3 – Meine erste Mail – und wie sie nie ankam

E-Mail. Ein Wort, das damals noch klang wie ein futuristisches Käsesandwich. Alle redeten davon. Also wagte ich den Schritt. Ich ließ mir bei AOL eine Adresse einrichten: volkmar123@aol.de – ich war stolz wie Oskar.

Dann die erste Mail. An meinen besten Freund. Inhaltlich knapp, aber herzlich:

„Hallo Franz! Ich schreibe dir jetzt digital. Krass, oder? Gruß, Volkmar"

Ich klickte auf *Senden*. Nichts geschah. Also nochmal. Und nochmal. Dann gab ich auf und ging Kaffee trinken.

Als ich abends nach Hause kam, blinkte mein Festnetztelefon. Franz hatte 17 Mal angerufen.

„Volkmar, was ist los? Ich habe 23 Mails von dir bekommen, alle identisch! Mein Postfach ist voll! Hast du einen Virus??"

Ich hatte keinen Virus. Ich hatte nur keine Geduld. Und keinen blassen Schimmer, dass man eine Mail nicht wie einen

Fahrstuhlknopf behandeln sollte – oft drücken bringt keine Beschleunigung.

Seitdem habe ich gelernt: Weniger ist mehr. Vor allem im digitalen Raum.
Außer bei Smileys. 😊

Digitale Lektion des Tages:
E-Mails sind keine Brieftauben. Wer sie 23 Mal schickt, braucht keine Freunde mehr.

Kapitel 4: Der Router blinkt rot – und ich sehe schwarz

Ich bin ein friedliebender Mensch.
Ich glaube an Diplomatie, Kompromisse und den Nutzen tiefer Bauchatmung.

Aber wenn mein Router rot blinkt, werde ich zu jemandem, der in einem Tarantino-Film die Hauptrolle spielen könnte.

Es beginnt immer gleich:
Ich sitze da, will nur *kurz* was nachschauen – ob das Wetter morgen hält, ob ich noch lebe laut Schrittzähler oder ob Amazon meine Zahnbürsten-App wieder aktualisiert hat.

Doch dann…
…bleibt die Seite weiß.
Ein endlos drehender Kreis signalisiert mir, dass das Leben pausiert wurde.

Ich werfe einen ersten Blick zum Router.
Er steht in der Ecke, ganz unschuldig – wie ein Kleinkind, das gerade das Sofa vollgekrümelt hat.
Doch dann sehe ich es:

Die Leuchte!
Nicht grün. Nicht blau. Nein… ROT.

Und rot ist nie gut.

Ich gehe hin. Schaue. Rede.
„Was ist los? Was brauchst du?"
Ich streichle fast über das Gehäuse, so verzweifelt bin ich.
Nichts. Nur stures Blinken – im Rhythmus meines steigenden
Blutdrucks.

Ich versuche es mit dem Klassiker:
**„Einmal ausstecken, zehn Sekunden warten, wieder
einstecken."**
Ich weiß nicht, wie viele technische Geräte weltweit dadurch
wiederbelebt wurden – aber mein Router gehört nicht dazu.

Ich gehe in die Knie, drücke Knöpfe, krieche unter den
Schreibtisch wie ein digitaler Höhlenmensch auf der Suche
nach Licht.

Meine Frau ruft aus dem Nebenzimmer:
„Was machst du?"
Ich antworte mit belegter Stimme:
„Ich kämpfe für uns."

Dann – der letzte Trumpf: Der Neustart.

Ich halte den Reset-Knopf gedrückt. Fünf Sekunden. Zehn.

Fünfzehn.

Das Blinken hört auf.

Ich bin bereit für einen Neuanfang.

Ich hoffe. Ich bete. Ich verspreche dem Router eine

Gehaltserhöhung.

Und siehe da –

ein Licht!

Grün!

Ich schreie „Es lebt!" wie ein Frankenstein-Darsteller auf

Koffein.

Ich eile zurück zum Laptop – nur um festzustellen:

Der Drucker ist offline.

Die Smart-Home-App verlangt ein neues Passwort.

Und mein Handy hat sich mit dem Nachbar-WLAN verbunden

– das jetzt besser ist als meines.

In diesem Moment wird mir klar:

Ich beherrsche die Technik nicht.

Ich bin ihr Untertan.

Der Router ist nicht mein Gerät.

Er ist mein Herr.

Digitale Lektion des Tages:

Wer denkt, er habe das WLAN im Griff, hat nur noch nicht erlebt, was passiert, wenn der Router merkt, dass Besuch kommt.

Kapitel 5: Passwort vergessen. Wieder. Schon wieder.

Ich erinnere mich an eine Zeit, da reichte ein Schlüssel.
Ein Metallstück in der Tasche – mehr brauchte man nicht, um Zugang zur Welt zu haben.

Heute hingegen habe ich...
Passwörter.
Mehr als Schlüssel. Mehr als Unterhosen.
Passwörter für E-Mails, Passwörter für Streamingdienste, Passwörter für Apps, Onlinebanking, die Zahnbürste, den Thermostat, den Ofen (!), das Fitnessarmband, den Router (wir erinnern uns) – und vermutlich sogar eins für die Kaffeemaschine, das ich nur noch nicht gefunden habe.

Und sie müssen **komplex** sein.
Mindestens acht Zeichen.
Groß- und Kleinbuchstaben.
Eine Zahl.
Ein Sonderzeichen.
Keine echten Wörter.
Keine Wiederverwendung.
Nicht identisch mit den letzten 34 Passwörtern.

Einmal wollte ich mich beim Kundenportal meines Stromanbieters einloggen.

Ich gab mein gewohntes Passwort ein:

„GutenMorgen123!"

Antwort des Systems:

„Zu einfach."

Ich versuchte:

„GuT3n_MoR6en!2024"

Antwort:

„Dieses Passwort haben Sie bereits verwendet."

Ich schrie:

„Ja, weil ich es mir EINMAL merken konnte!"

Daraufhin klickte ich auf „Passwort vergessen".

Ich bekam eine E-Mail mit einem Link.

Der Link war abgelaufen.

Ich klickte erneut.

Der neue Link funktionierte, aber nur im Firefox-Browser – den ich seit 2012 nicht mehr geöffnet hatte.

Ich wechselte den Browser, klickte erneut.

Dann kam die Sicherheitsfrage:

„Wie hieß Ihr erster Hund?"

Ich schrieb:

„Schnuffi" – falsch.

„Schnuffie" – falsch.

„Schnuffi1" – falsch.

„Ich hatte nie einen Hund" – akzeptiert.

Dann das neue Passwort. Ich dachte, jetzt wäre ich schlau.

Ich wählte:

„IchVergesseDasNie2024!"

Antwort:

„Dieses Passwort enthält persönliche Informationen."

Ich gab auf.

Ich meldete mich telefonisch.

Die Bandansage sagte:

„Bitte loggen Sie sich online ein – oder drücken Sie die Raute
für ein Gespräch mit einem Servicemitarbeiter."

Ich drückte die Raute.

Es piepte.

Dann kam der Satz:

„Ihre Sitzung ist abgelaufen."

Digitale Lektion des Tages:

Dein Passwort soll sicher, kreativ und leicht zu merken sein. Am besten ist es so geheim, dass nicht mal du selbst es je wieder findest.

Kapitel 6: Cloud oder Clown? – Wenn deine Fotos plötzlich in Finnland sind

Ich wollte Ordnung.

Ich wollte Struktur.

Ich wollte meine Daten sicher wissen – nicht verstreut auf acht USB-Sticks und einer alten CD, auf der noch „Urlaub 2007 (ohne Schwiegermutter)" steht.

Also hörte ich auf die Ratschläge meines technikbegeisterten Schwiegersohns – ein Mann, der mit seinem Daumen mehr Apps öffnet als ich Gedanken am Tag habe.

Er sagte:

„Pack alles in die Cloud. Dann kannst du immer und überall drauf zugreifen!"

Immer und überall?

Klang wie ein Freibier-Versprechen.

Ich war dabei.

Er richtete mir also einen Cloud-Zugang ein – mit Passwort, Zwei-Faktor-Authentifizierung, Bestätigungs-SMS und Sicherheitsfrage („Wie hieß deine erste Klassenlehrerin?" – ich wusste nicht mal mehr, wie meine letzte hieß).

Ich lud alles hoch, was ich hatte: Fotos, Texte, Steuerunterlagen, meine Autoversicherung – sogar den Einkaufszettel für den Bioladen (Sicher ist sicher).

Und dann…
…wusste ich nicht mehr, wo was war.
Ordnerstruktur?
Keine Spur.
Ich hatte Dinge in Verzeichnisse gelegt, die ich benannt hatte wie beim Schiffeversenken: **„Dok_neu_final_alt"**, **„2022_2023_2024?"**, **„Unbedingt löschen (NICHT löschen!)"**

Ich suchte nach einem Urlaubsfoto von 2019 – und fand ein PDF über meine Zahnzusatzversicherung.
Ich suchte meine Steuer – und bekam ein Selfie von mir mit Grillzange in Unterhemd.

Ich beschloss, das Ganze am Laptop besser zu sortieren.
Ich loggte mich ein – nur um zu lesen:
„Ungewöhnlicher Anmeldeversuch aus unbekanntem Land: Finnland"
Ich war erschrocken.
Ich war misstrauisch.
Ich war… verwirrt.

Stellte sich raus: Die Cloud-Server standen in Helsinki.

Meine Daten, so wurde mir erklärt, seien nicht in Gefahr –
sondern nur „geografisch flexibel".

Toll.

Meine Erinnerungen reisen mehr als ich.

Die Cloud als globaler Wanderzirkus.

Ich überlegte kurz, ob ich ein Foto meiner Zahnbürste
hochlade – vielleicht kriegt die dann ein bisschen Weltkultur.

Der Höhepunkt kam, als ich meine Dateien teilen wollte.

Ich klickte auf „Freigeben".

Dann auf „Link kopieren".

Dann auf „Zugriff erlauben".

Dann auf „Sichtbarkeit bearbeiten".

Dann auf „Berechtigungen definieren".

Und dann…

…war ich draußen.

Ich hatte mich selbst ausgesperrt.

Ich war nicht mehr autorisiert, meine eigenen Bilder zu sehen.

Ich rief den Schwiegersohn an.

Er sagte:

„Mach's dir einfacher. Speichere alles lokal."

Ich tat es.

Jetzt ist alles wieder auf einem USB-Stick.

In der Schublade.

Beschriftet mit: „**Wolke**"

Digitale Lektion des Tages:

Wer seine Daten der Cloud anvertraut, sollte
vorher wenigstens wissen, ob es regnet.

Kapitel 7: Die Zahnbürste will ins WLAN – und ich will ins Heim

Neulich kam ein Päckchen. Ich war noch nicht ganz sicher, ob ich es bestellt oder lediglich betrunken geträumt hatte. Jedenfalls stand mein Name drauf – also öffnete ich es.

Drin war meine neue elektrische Zahnbürste. Eine dieser modernen Varianten, die laut Werbung nicht nur Zähne reinigen, sondern angeblich auch mein Leben verändern sollten. Ich hatte sie gekauft, weil meine alte Bürste nach zehn Jahren leise summend in den Ruhestand gegangen war – so wie ich.

Ich freute mich auf frischen Wind im Bad. Was ich nicht wusste: Die Zahnbürste hatte andere Pläne.

Schon beim Auspacken meldete sie sich zu Wort – über ein aufklappbares Mini-Booklet in fünf Sprachen, das sich beim ersten Berühren wie eine Lungenflügel entfaltete und eine Installationsanleitung offenbarte, die an die Bedienungsanleitung eines Raumgleiters erinnerte.

„Schalten Sie Ihre SmartBrush 9000 ein und verbinden Sie sie mit der App."

Mit *der App*.
Die Zahnbürste hat eine App.
Die Zahnbürste hat… WLAN.

Ich zögerte.
Meine Frau kam ins Bad, sah mich mit dem Gerät in der Hand und fragte:
„Willst du putzen oder online shoppen?"

Ich erklärte ihr die Lage.
„Sie hat WLAN!"
„Was hat sie?"
„Die Zahnbürste!"
„Ich geh schon mal das WLAN-Passwort holen."

Wir saßen also kurze Zeit später zu zweit auf dem Badezimmerteppich – ich mit Zahnbürste, sie mit Handy – und versuchten, die Zahnbürste in unser Heimnetzwerk einzuloggen.

Name des Netzwerks: *"FritzBox_Gästebad".*

Passwort: *"Zahnfee2022".*

Wir gaben alles ein. Nichts passierte.
Dann tauchte auf dem Handy ein Hinweis auf:
"Verbindungsfehler. Bitte halten Sie Ihre Zahnbürste näher ans Gerät."

Ich hielt die Bürste an die Stirn. Meine Frau an den Bauch vor Lachen.
Die Bürste vibrierte leicht, vermutlich aus Mitleid.

Nach 30 Minuten war sie endlich verbunden. Die App öffnete sich – ein Dashboard mit Diagrammen, Verlaufskurven und einem Belohnungssystem.
Ich konnte sehen, wie oft ich geputzt hatte, ob ich zu viel Druck ausübte, wie viele Zähne ich vernachlässigte und in welchem Quadranten meines Mundes eine bedenkliche Nachlässigkeit herrschte.

Ich bekam **Punkte** fürs Zähneputzen.
Meine Zahnbürste **belohnte mich** für Hygiene.
Ich fragte mich, ob ich bald ein Bonusheft bekomme oder zur Zahnputzmeisterschaft eingeladen werde.

Am nächsten Tag sagte mir die App, ich hätte gestern zu kurz geputzt und solle das nachholen.

Ich fühlte mich überwacht.

Ich fühlte mich bewertet.

Ich fühlte mich...

... wie damals in der Schule bei Frau Kornmüller, die meine Handschrift analysierte und mir dann empfahl, künftig mit links zu schreiben.

Ich suchte nach einer „Offline"-Taste.

Es gab keine.

Digitale Lektion des Tages:

Wenn dein Bad smarter ist als du, ist es Zeit, das Handtuch zu werfen.

Kapitel 8: „Alexa, spiel Helene Fischer" – und warum die Nachbarn jetzt sauer sind

Ich habe ein zwiegespaltenes Verhältnis zu Alexa.
Einerseits ist sie ein Wunderwerk der Technik – andererseits eine elektronische Petze mit Persönlichkeitsstörung.

Anfangs war ich begeistert:
Ich stellte mir eine smarte Zukunft vor.
Ein Leben, in dem ich nur rufen musste:
„Alexa, mach das Licht an!" – und schon erstrahlte das Wohnzimmer in sanftem LED-Glanz.
Ein Zuhause, das gehorcht, ohne zu widersprechen.
Ein Traum.

Die Realität begann vielversprechend.
Ich bat Alexa freundlich, das Radio einzuschalten.
Sie antwortete:
„Ich habe den Sender *„Bayern 1 Schlagerparadies"* gefunden."
Ich sah das als Zeichen. Ich mag Schlager. Gelegentlich.
Heimlich.

Dann wurde ich mutiger.

Eines Tages stand ich unter der Dusche – die Tür war einen Spalt offen – und ich rief:
„Alexa, spiel Helene Fischer!"
Ein simpler Wunsch. Ein Zeichen meiner neuen Technik-Souveränität.
Was ich nicht wusste: Die Lautstärke war auf *Party-Modus*.
Der Echo-Lautsprecher, strategisch direkt unter dem Fenster platziert, tat sein Bestes.

Die gesamte Nachbarschaft wurde Zeuge meines musikalischen Seelenzustands.
Ich hatte noch Shampoo in den Haaren, als ich draußen erste Beschwerden hörte.

„Ist das Ihr Gerät, das da Helene Fischer in Konzertlautstärke spielt?", rief Frau Kühn aus dem Fenster gegenüber.
Ich nickte.
„Darf ich mir was wünschen? Vielleicht *Ruhe*?"

Meine Frau kam ins Bad:
„Hast du Alexa angeschrien?"
„Nein, ich hab nur gesungen... mit Helene."
„Und mit der ganzen Straße!"

Ab da war ich vorsichtiger.

Ich testete neue Befehle.

„Alexa, wie wird das Wetter morgen?"

Antwort:

„Morgen wird es in Ihrer Region 17 Grad mit leichter Bewölkung. Möchten Sie auch die Pollenbelastung wissen?"

Ich wusste gar nicht, dass ich allergisch bin – bis Alexa mich daran erinnerte.

Einmal fragte ich versehentlich:

„Alexa, was ist der Sinn des Lebens?"

Sie antwortete trocken:

„Das hängt davon ab, wen Sie fragen."

Seitdem meide ich existentielle Themen mit ihr.

Ich will nicht riskieren, dass sie irgendwann sagt:

„Ich habe deinen Kalender gesehen – für dich vielleicht: Mittagsschlaf."

Neulich wollte ich aufräumen und sagte:

„Alexa, spiel motivierende Musik!"

Sie spielte „Spiel mir das Lied vom Tod".

Ich hab's als Zeichen verstanden.

Seitdem rede ich weniger mit ihr.

Digitale Lektion des Tages:

Wenn dein Lautsprecher lauter ist als deine
Selbstachtung, solltest du beim nächsten Mal
lieber flüstern – oder gleich schweigen.

Kapitel 9: Mein Kühlschrank macht mehr Vorschläge als meine Frau

Es begann mit einem harmlosen Geräusch.

Ein *Bing*, gefolgt von einem leisen Surren, das klang wie der elektronische Seufzer eines übermotivierten Angestellten.
Ich stand in der Küche, wollte mir nur einen Joghurt holen – und wurde stattdessen belehrt.

Auf dem Display meines Kühlschranks blinkte ein Hinweis:
„Achtung: Ihre Milch läuft in zwei Tagen ab. Möchten Sie eine neue bestellen?"

Ich stutzte.
Seit wann entscheidet mein Kühlschrank, was ich brauche?
Und was heißt hier „möchten"?
Ich fühlte mich nicht informiert – ich fühlte mich überwacht.

Ich öffnete die Tür.
Innen: Kameras. Sensoren. Kleine LED-Lämpchen, die mich anlächelten wie ein Zahnarzt vor dem ersten Bohrer.

Ich griff zur Wurst.
Ein weiteres *Bing*:

„Diese Packung wurde zuletzt am Dienstag geöffnet. Bitte auf Verfallsdatum achten."

Ich sah mich um.
War das eine Kochsendung oder ein Verhör?
Ich nahm die Wurst, schloss die Tür und murmelte:
„Danke für die Fürsorge... Spitzel."

Mein Kühlschrank – ein Smart-Modell, das mir vom Schwiegersohn angedreht wurde – kann angeblich alles:

- Den Einkauf planen
- Lebensmittel erkennen
- Rezepte vorschlagen
- Mich an Mahlzeiten erinnern
- Und: sich mit meiner Fitness-App synchronisieren

Das bedeutet:
Wenn ich heimlich nachts um halb zwölf ein Stück Tiramisu esse, weiß mein Handy Bescheid.
Und schickt mir am nächsten Morgen eine freundliche Erinnerung:
„Sie haben gestern Ihr Kalorienziel um 740 % überschritten."
Danke auch.

Neulich schlug der Kühlschrank mir ein Rezept vor:

„Low Carb Gemüsepfanne mit Tofu und Quinoa"

Ich fühlte mich persönlich angegriffen.

Ich hatte am Vortag vier Bratwürste eingelegt.

Woher kam plötzlich dieser Wunsch nach innerer Reinigung?

Ich suchte verzweifelt nach der Funktion „Respektiere meinen Appetit".

Gab's nicht.

Nur „Essensziele anpassen" – was klang wie „Schäm dich digital".

Als meine Frau fragte, ob ich Lust auf Pizza hätte, meldete sich das Display erneut:

„Basierend auf Ihrer aktuellen Kühlschrankfüllung empfehlen wir: Sellerie-Suppe."

Ich sagte:

„Basierend auf meinem aktuellen Blutdruck empfehle ich: Stecker ziehen."

Digitale Lektion des Tages:

Wenn dein Kühlschrank weiß, was du gestern
gegessen hast – und dir heute bessere
Entscheidungen vorschlägt – ist es höchste Zeit,
wieder draußen zu essen.

Kapitel 10: Lichtsteuerung per App – und warum ich im Dunkeln duschte

Ich wollte nur duschen.
Das war der Plan.
Mehr nicht.

Doch in einem Smart Home ist nichts mehr einfach.
Schon gar nicht das Licht.

Früher drehte man am Schalter – Licht an.
Drehte man nochmal – Licht aus.
Fertig.

Heute braucht man dafür:

- Eine App
- Einen Account
- Ein Passwort
- Eine stabile Internetverbindung
- Und mindestens 17 Minuten Geduld

Mein Lichtsystem heißt „**GlowSync Home Comfort 3000**" –
klingt wie eine Zahnpasta mit Mission.

Gekauft habe ich es, weil der Karton versprach:
„**Intelligente Lichtsteuerung – überall und jederzeit!**"

Ich hätte wissen müssen: Wenn etwas verspricht, „überall" zu
funktionieren, funktioniert es meistens **nirgendwo
zuverlässig**.

Also stand ich im Bad, bereit zum Duschen – aber im Dunkeln.

Der Lichtschalter war deaktiviert – „wegen der App-
Steuerung".

Ich suchte mein Handy.

Akku bei 2 %.

Ich rannte ins Wohnzimmer, schloss das Handy an.

Startete die App.

Warten.

Update.

Warten.

Login.

Fehlermeldung.

Ich murmelte Worte, die Alexa sicher gespeichert hat – für
spätere Auswertung.

Dann – endlich – ging das Licht **im Flur** an.

Nicht im Bad.

Im **Flur**.

Und dort in der Farbe „Nordpolblau".

Ich tappte wieder zurück, inzwischen dampfend vor Wut – aber noch nicht vor Dusche.

Im Bad tat sich... nichts.

Ich sagte den Satz:

„**Hey Siri, Badlicht an!**"

Antwort:

„**Dazu bin ich nicht autorisiert.**"

Mein Zuhause hatte mir gerade die Lichtrechte entzogen.

Ich startete erneut die App, tippte manuell auf „Bad", dann auf „Licht", dann auf „Szene wählen".

Ich wählte „Warmweiß".

Die App wählte „Romantik-Lila".

Ich duschte schließlich im Licht einer Lavalampe.

Ich frage mich bis heute, was schlimmer ist:

- Die Tatsache, dass mein Badezimmer ohne Internet nicht mehr funktioniert

- Oder dass ich ernsthaft überlege, mir eine **Taschenlampe auf den Kopf zu binden**, wenn ich abends mal wohin muss

Am nächsten Tag sagte ich zum Schwiegersohn:
„Weißt du, was wirklich smart wäre? Ein Schalter, den man drückt, und es ist hell."
Er lachte.
Ich nicht.

Digitale Lektion des Tages:

Wenn du duschst, bevor dein Licht geladen hat, wirst du nicht sauber – nur gedemütigt.

Kapitel 11: Staubsauger-Roboter mit Attitüde – Wenn der Saugie beleidigt ist und sich unter dem Sofa versteckt

Er war ein Geschenk.
Von meiner Frau.
„Damit du's leichter hast im Haushalt", sagte sie.
Ich war gerührt.
Bis ich erkannte: Ich wurde ersetzt. Durch einen Roboter.

Er heißt offiziell „CleanBuddy Robo X" – aber ich nenne ihn
Saugie.
Er ist rund, flach, hat LED-Augen und bewegt sich mit einer
Mischung aus Neugier, Willkür und Rechenschwäche durch
die Wohnung.

Am Anfang war ich begeistert.
Ich stellte ihn auf „Auto", drückte „Start" – und sah ihm zu, wie
er mit stoischer Ruhe an den Küchentisch fuhr…
…und sich dort mit einem Stuhlbein verkeilte.
5 Minuten später hatte er 30 cm² Küche gereinigt – und den
restlichen Vormittag unter der Couch verbracht, wo er vor sich
hin blinkte wie ein entfernter Cousin von R2-D2 auf Entzug.

Er hat eine App. Natürlich.

Dort kann ich Saugie eine Karte der Wohnung zuweisen, No-Go-Zonen definieren (wo ich lieber selbst sauge – zum Beispiel um die Zimmerpflanze, die er schon zweimal angegriffen hat), und ihm Befehle geben wie:

„Reinige Wohnzimmer!", „Gehe zur Ladestation!" oder „Sauge nach Zeitplan!"

Einmal gab ich den Befehl „Reinige Schlafzimmer".
Saugie fuhr sofort los – Richtung Balkon.
Ich kann's ihm nicht verübeln. Ich würde auch lieber frische Luft schnappen.

Ein anderes Mal hatte ich Besuch.
Ich wollte glänzen – also Saugie aktiviert.
Er fuhr los, bog ab, stieß gegen die Topfpflanze, fuhr rückwärts in einen Schuh, drehte sich drei Mal im Kreis und blieb mit Piepton stehen.

Der Besuch fragte:
„Was macht er jetzt?"
Ich antwortete:
„Pause. Er fühlt sich missverstanden."

Seine Lieblingsbeschäftigung ist das Einrollen in Gardinen.
Er saugt sich fest, gibt einen resignierten Ton von sich und

bleibt einfach liegen – wie ein beleidigter Teenager am Montagmorgen.

Letzte Woche hat er sich nachts von selbst aktiviert.
3:14 Uhr.
Ich schreckte auf.
Ein Summen. Ein Rumpeln.
Ich trat aus dem Schlafzimmer – und sah, wie Saugie mit vollem Tempo gegen das Tischbein donnerte, sich drehte, wieder Anlauf nahm, und erneut dagegen fuhr.
Ich glaube, er hat Streit mit dem Esstisch.

Meine Frau meinte:
„Der hat Charakter."
Ich sage:
„Der hat 'ne Macke."

Ich habe wieder angefangen, selbst zu saugen.
Mit einem alten Handstaubsauger.
Der hat kein WLAN, keine App, keine Meinung.
Nur einen Stecker – und einen Ein-Aus-Schalter.
Und das reicht mir.

Digitale Lektion des Tages:

Wenn dein Haushaltsgerät mehr Freiheiten hat als du, ist es vielleicht an der Zeit, wieder selbst zum Staubsauger zu greifen – oder zur Fernbedienung für den Stromzähler.

Kapitel 12: Zoom, Teams & Chaos – Wenn das Mikro aus ist, aber du nicht

Ich wusste, dass es ernst wurde, als mein Kalender plötzlich voller Einträge war wie:

„Call mit Team", „Zoom-Kickoff", „Digitaler Jour Fixe"
Und ich fragte mich:
Wann genau wurde ein *Telefonat mit Bild* zur beruflichen Höchstform?

Ich rüstete auf.
Headset, Mikrofon, Webcam mit Klappe (fürs gute Gefühl),
und eine **Kaffeetasse, die „Home Office Hero"** sagt.
Ich war bereit.
Glaubte ich.

Das erste Zoom-Meeting begann harmlos.
Ich klickte auf den Link.
Wurde gebeten, „dem Meeting beizutreten".
Wurde dann gebeten, „Audio zu verbinden".
Dann, „Video aktivieren".
Dann: **„Bitte warten auf Host."**

Ich wartete.

Zehn Minuten.

Dann kam der Host – mit einem Gesichtsausdruck, als hätte er gerade erfahren, dass seine Katze online geshoppt hat.

Wir waren zehn Teilnehmer.

Sieben davon ohne Kamera, drei mit.

Von den drei Sichtbaren war einer zu nah dran (man sah nur Stirn), einer zu weit weg (wirkte wie in einem dunklen Tunnel) – und einer hatte einen Hintergrund mit Palmen, obwohl er im Sauerland wohnte.

Ich versuchte, einen Beitrag zu leisten.

Hebte die Hand.

Wartete.

Redete.

„Du bist noch auf Mute", schrieb jemand in den Chat.

Ich suchte hektisch nach dem Mikrofon-Symbol.

Fand es. Klickte.

Redete.

Jetzt war ich **nicht mehr auf Mute** – dafür aber mein Gehirn.

Ich stammelte einen Satz.

Der Ton hing.

Ich hörte mich doppelt.
Dann alle anderen – gar nicht mehr.

„Volkmar ist raus", sagte jemand.
„Nee, er friert nur", sagte ein anderer.

Ich war das Standbild mit fragendem Blick – eingefroren in
Zoom-Ewigkeit.

Als ich wieder drin war, sprach ich exakt **zehn Sekunden**, bis
mein Telefon klingelte.
Festnetz.
Ich nahm ab.
Es war mein Schwiegersohn:
„Ich glaub, dein Mikro ist wieder aus."

Ich wollte nur noch raus.
Aber wie?
Ich fand den Button nicht.
Beendete stattdessen die gesamte Sitzung für **alle**.
Ich war der digitale Notausstieg.

Später wurde ich gefragt, ob ich am nächsten Meeting auch
wieder teilnehme.
Ich antwortete ehrlich:
„Nur, wenn wir wieder Rauchzeichen verwenden."

Digitale Lektion des Tages:

Wer in einem Zoom-Meeting überlebt, ohne versehentlich das Mikro zu entmuten oder sich beim Verlassen zu verabschieden, ist offiziell für diplomatische Missionen qualifiziert.

Kapitel 13: TikTok für Fortgeschrittene (also mich) – Was tanzen da alle, und warum in Jogginghosen?

Ich war neugierig.

Nicht, weil ich tanzen wollte – Gott bewahre.

Sondern weil ich verstehen wollte, was mein Enkel da ständig auf seinem Handy starrt, kichert und ruft:

„Opa, du musst auf TikTok!"

Ich antwortete:

„TikTok? Ich hab schon bei WhatsApp das Gefühl, dass die Zeit vergeht wie in einem Videospiel auf Speed."

Er lachte.

Und installierte es mir trotzdem.

Die App begrüßte mich mit einem Knall.

Ein Video, in dem ein Mann in Jogginghose über seine Katze rappt, während im Hintergrund ein Toaster brennt.

Ich war überfordert – aber auch fasziniert.

Ich wischte weiter.

Nächstes Video:

Ein Teenager erklärt, wie man eine Avocado richtig schneidet.

Ich hasse Avocados.

Aber ich schaute zu.

Dann: Eine Frau, die ein Haus aus Pappkartons für ihre Hamster baut.

Dann: Zwei Jungs, die sich gegenseitig mit Käse bewerfen.

Dann: Eine Oma, die synchron zu Lady Gaga tanzt – im Rollator.

Ich war… drin.

Im TikTok-Sog.

Nach zehn Minuten wusste ich:

- Wie man Hemden faltet, ohne sie zu berühren
- Was „Girl Dinner" bedeutet
- Warum man niemals eine Banane in die Mikrowelle legen sollte (nicht nachmachen!)

Ich fragte meinen Enkel: „**Was ist der Sinn davon?**"

Er antwortete: „**Es geht nicht um Sinn. Es geht um Vibe.**"

Ich weiß bis heute nicht, was das bedeutet – aber ich nickte anerkennend.

Dann kam der Moment, in dem ich ein Video kommentieren wollte.

Ich tippte:

„Sehr lustig, aber warum schreit der Mann am Ende?"

Fünf Sekunden später bekam ich Antworten wie:

- „Boomer-Alarm 🌀"
- „Lies doch erst den Kontext, Opa!"
- Und mein Favorit:
  „Opa, chill mal!"

Ich habe den Kommentar wieder gelöscht.

Danach versuchte ich, ein eigenes Video aufzunehmen.

Ich wollte etwas Sinnvolles beitragen – eine kleine Anleitung zum richtigen Aufgießen in der Sauna.

Ich stellte die Kamera, fing an zu reden – und fiel aus dem Bild, weil ich versehentlich den Selfie-Stick falsch montiert hatte.

Das Video hatte neun Aufrufe – vermutlich alle vom Algorithmus selbst.

Ich habe die App behalten.

Aber ich poste nichts mehr.

Ich bin jetzt stiller Beobachter.

Manchmal kommentiere ich heimlich mit einem „Gefällt mir",

wenn jemand seinen Toaster repariert, während er Bauchtanz macht.

Das ist meine Welt.
TikTok ist… die andere.

Digitale Lektion des Tages:

Wer TikTok verstehen will, muss nicht jung sein – nur bereit, sein Gehirn für 30 Sekunden auszuschalten. Und dann für drei Stunden nicht mehr zurückzufordern.

Kapitel 14: Der Enkel erklärt Instagram – und ich poste aus Versehen mein Knie

Ich wollte nur mal schauen, was es mit diesem **Instagram** auf sich hat.
Die jüngere Generation lebt dort. Sie essen dort, reisen dort, lieben dort – und vor allem: sie posten alles, was nicht bei drei offline ist.

Mein Enkel sagte:
„Opa, das ist ganz einfach! Foto machen, Text dazu, fertig."

Er erklärte mir Begriffe wie:

- *Feed* (also nicht Futter, sondern die Hauptseite),
- *Story* (kein Roman, sondern 15 Sekunden Lebensblitzlicht),
- und *Hashtag* (das Rautezeichen, das früher für „bitte warten" stand).

Ich lud die App herunter.

Er half mir beim Profilbild.

Ich wollte eins, auf dem ich freundlich und kompetent aussehe.

Er wählte eins, auf dem ich lache und meine Brille schief sitzt.

„Menschlich", sagte er.

Dann zeigte er mir, wie man etwas postet.

Ich wollte einen Schnappschuss machen – vom Sonnenuntergang über unserem Garten.

Wunderschön. Warm. Goldenes Licht.

Ich zückte das Handy, zielte – und drückte.

Unglücklicherweise hatte ich die Kamera noch auf „Selfie-Modus".

Was ich also postete: Mein Knie.

Nahaufnahme. Mit Altersfleck.

Noch bevor ich begriff, was passiert war, hatte Instagram das Foto bereits **hochgeladen**.

Mit dem automatisch erkannten Standort:

„Bayerischer Wald – Heimat mit Herz"

Ich wollte es sofort löschen.

Doch statt „Löschen" drückte ich auf „Teilen in Story".

Jetzt war mein Knie 24 Stunden lang öffentlich.

Mein Enkel schrie vor Lachen.

„Opa, du bist viral!"

Ich bekam Kommentare wie:

- „Respekt, Mut zur Körperlichkeit! 💪"
- „Das ist Kunst. Oder ein Versehen. Beides okay."
- Und von einer gewissen @wellnessqueen_54:
  „Gutes Hautbild, Herr Unbekannt."

Ich ließ es online.
Irgendwie war ich stolz.
Auch wenn ich beim nächsten Mal lieber meine Katze
fotografiere.
Oder den Garten.
Oder gar nichts.

Später wollte ich ein Bild von meinem Abendessen posten –
ein schön belegtes Brot mit Essiggurke, ganz klassisch.
Ich tippte auf Filter.
Der erste machte es grün-blau wie ein Horrorfilm.
Der zweite ließ es aussehen wie aus einem Restaurant in
Marrakesch – mit Rauch, Flair und Linsenlicht.
Der dritte Filter nannte sich „Dramatik".
Er verlieh dem Brot ein Aussehen, als würde es in einem
Oscar-Film die Hauptrolle spielen.

Ich ließ es so.

Postete es.

Mit dem Text:

„Abendessen mit Emotion."

Mein Enkel kommentierte:

„Du wirst langsam Influencer, Opa."

Ich nickte.

Still.

Und lud vorsichtshalber noch ein Kniefoto hoch – als Wiedererkennungszeichen.

Digitale Lektion des Tages:

Wer auf Instagram landen will, sollte besser wissen, wo die Kamera hinzeigt – oder gleich ein Profil eröffnen für seine Knie.

Kapitel 15: Cookies akzeptieren – oder mein Leben lang abgelehnt werden

Ich wollte nur einen Artikel lesen.
Irgendetwas über Rückenschmerzen ab 60, oder ob Gurkensaft wirklich die Gelenke schmiert.
Ganz harmlos.

Aber bevor ich überhaupt zum Inhalt kam, ploppte ein Fenster auf:
„Diese Website verwendet Cookies."
Darunter: Ein Button mit **„Alle akzeptieren"**, einer mit **„Einstellungen verwalten"** – und irgendwo, versteckt wie ein Schoko-Stück in einem Rosinenkeks: **„Nur notwendige Cookies zulassen"**.

Ich las. Ich überflog. Ich verstand… nichts.

Es war wie ein Vertrag bei der Bank.
Nur ohne Berater.
Und mit dem Gefühl, dass irgendjemand gleich mein Surfverhalten an eine Keksfabrik in Aserbaidschan weiterleitet.

Ich klickte auf „**Einstellungen verwalten**", weil ich mich sicher fühlen wollte.

Fünf Reiter öffneten sich:

- „Essenzielle Cookies" (klingt wie Backzutaten für einen russischen Zupfkuchen),
- „Statistik-Cookies" (zur Überwachung meiner geistigen Verfassung),
- „Marketing-Cookies" (für Angebote, die ich nie brauche, aber trotzdem angezeigt bekomme),
- „Personalisierung" (damit mir auch wirklich jedes Möbelhaus auf Facebook ein Sofa anbietet),
- und „Third-Party-Cookies" (also Kekse von Fremden – was mir meine Mutter früher streng verboten hat).

Ich war überfordert.

Ich klickte auf „Ablehnen".

Die Seite lud neu – und zeigte mir dieselbe Cookie-Abfrage erneut.

Diesmal ohne Humor.

Ich klickte auf „Alle akzeptieren".

Sofort erschien Werbung für Fußpflege, Thermoskannen und Treppenlifte.

Ich dachte:

Woher weiß das Internet, dass ich mich neulich über kalte Füße beschwert habe?

Antwort: Cookies.

Ich versuchte, es zu umgehen.

Ich installierte einen Cookie-Blocker.

Die Seiten luden nicht mehr.

Ich installierte ihn wieder ab.

Der Blocker wollte eine Bewertung.

Ich klickte auf einen traurigen Smiley – und wurde gefragt, warum ich traurig bin.

Ich schrieb:

„Weil ich einfach nur lesen wollte."

Seitdem habe ich eine Taktik:

Ich klicke automatisch auf **„Alle akzeptieren"**, schließe die Augen und hoffe, dass niemand meine Klicks analysiert.

Ich habe mich ergeben.

Ich bin Cookie-konform.Aber eines weiß ich sicher:

Wenn ich das nächste Mal beim Bäcker stehe und der Verkäufer fragt:

„Wollen Sie einen Cookie?"

…dann sage ich:

„Nur, wenn er essenziell ist."

Digitale Lektion des Tages:

Wer Cookies nicht versteht, aber trotzdem
zustimmt, lebt das digitale Leben wie ein mutiger
Dackel im Straßenverkehr – mit Hoffnung, aber
ohne Kontrolle.

Kapitel 16: Onlinebanking mit Herzklopfen – oder wie ich mein Konto dreimal sperrte

Es war einmal, da ging man zur Bank.
Ein Gebäude mit Fliesenboden, Schalterfenster und einer Dame namens Frau Behrens, die einen kannte – und notfalls auch ohne Ausweis erkannte.
Man sprach über Geld, über den Garten, über die Schwiegermutter.
Dann bekam man 50 Euro in bar und ein Stück Zuckerminz aus der Bonbonschale.

Heute...
...loggt man sich ein.

Das klingt so einfach.
„Einloggen."
Zwei Silben, keine Gewalt.
Aber es fühlt sich an wie der Zugriff auf den Zentralcomputer des Geheimdienstes.

Ich öffne also die Seite meiner Bank.
Oben erscheint das Schloss-Symbol – Sicherheit.

Ich atme tief durch.

Dann: **Benutzername. Passwort. CAPTCHA.**

Ich bin kein Roboter – sage ich mir.

Aber der Test glaubt mir nicht.

Ich muss Straßenschilder markieren.

Dann Ampeln.

Dann Busse.

Ich erkenne Busse.

Ich bin sicher.

Ich darf rein.

Jetzt kommt die zweite Ebene: **TAN.**

Früher war das ein kleines Kärtchen mit Nummern.

Heute bekomme ich sie auf mein Handy.

Per App.

Mit Fingerabdruck.

Der aber nie erkannt wird, wenn ich kalte Hände habe.

Ich drücke fester.

Das Handy piept.

„Authentifizierung fehlgeschlagen."

Ich probiere es erneut.

Jetzt klappt es.

Ich bin drin.
Für genau 90 Sekunden.

Dann loggt mich das System aus.
„Aus Sicherheitsgründen."

Ich weine innerlich.
Ich versuche es erneut.
Beim dritten Mal vertippe ich mich beim Passwort.
**„Zugang gesperrt. Bitte kontaktieren Sie den
Kundenservice."**

Ich rufe an.
Automatische Stimme:
**„Bitte sagen Sie laut und deutlich, was wir für Sie tun
können."**

Ich sage:
„Konto entsperren."
Antwort:
„Sie möchten einen Kredit aufnehmen?"

Ich brülle:
„NEIN!"
Antwort:
„Bitte wiederholen Sie Ihre Anfrage."

Nach sieben Minuten kommt ein Mensch.

Er fragt nach meiner IBAN.

Ich diktiere.

Er fragt nach meinem Geburtsort.

Ich antworte.

Er fragt, ob ich Zugriff auf meine E-Mail-Adresse habe.

Ich sage:

„Ja, aber nur, wenn ich mich bei Google anmelden kann – was aktuell schwierig ist, weil ich dort auch das Passwort vergessen habe."

Er sagt:

„Ich schicke Ihnen einen Link."

Ich frage:

„Kann ich nicht einfach vorbeikommen?"

Stille.

Am Ende bin ich wieder drin.

Ich überweise 12,60 Euro.

Schweißgebadet.

Ich trinke danach einen Schnaps – was mir meine Gesundheits-App übrigens **nicht empfohlen** hätte.

Digitale Lektion des Tages:

Onlinebanking ist wie Fallschirmspringen: Es
funktioniert nur, wenn man wirklich alles richtig
macht – und selbst dann bleibt ein mulmiges
Gefühl beim Absprung.

Kapitel 17: Virenscanner & Fake-Mails – „Ihr Konto wurde gesperrt, klicken Sie HIER!"

Ich hatte gerade mein Onlinebanking überlebt.
Mit letzter Kraft, Schweiß auf der Stirn und einem TAN-Code,
der sich wie ein Morsezeichen aus dem Jenseits anfühlte.
Ich war stolz.
Ich war drin.
Ich war... ein digitaler Held.

Da kam sie.
Die Mail.
Betreff:
„Wichtige Sicherheitsmitteilung zu Ihrem Konto!"

Absender:
„Sparkasse.online-security-update@vertrauennichtdiesermail.ru"

Ich war misstrauisch.
Aber auch neugierig.
Und ein bisschen nervös.

Die Mail begann mit:

„Sehr geehrter Kunde, um Ihr Konto zu schützen, müssen Sie Ihre Identität sofort verifizieren. Klicken Sie HIER."

Das „HIER" war fett, blau, unterstrichen – und schrie förmlich: **„Du willst mich doch anklicken, du weißt es!"**

Ich zögerte.
Ich überlegte.
Ich klickte… **nicht**.

Denn ich erinnerte mich an den Ratgeber meines Schwiegersohns: **„Wenn es aussieht wie eine Falle, riecht wie eine Falle und klingt wie eine Falle – dann ist es Spam."**

Ich prüfte den Anhang.
Er hieß:
„Dokument_für_Sicherheit_Konto_aktuell_final_final.docx. exe"

Ich weiß wenig über Dateiendungen.
Aber dass ein Word-Dokument mit „.exe" endet, sollte selbst mir zu denken geben.

Ich schloss die Mail.

Öffnete meinen Virenscanner.

Der meldete sich:

„Keine Bedrohung gefunden."

Ich war erleichtert.

Bis mir auffiel: Mein Virenscanner ist von 2017.

Er aktualisiert sich nur, wenn ich ihn daran erinnere.

Und ich habe ein schlechtes Gedächtnis.

Ich rief die Hotline meines Anbieters an.

Nach drei Minuten Warteschleife mit Panflötenmusik meldete
sich ein junger Mann namens Dennis, der klang, als wäre er
gerade aus dem Abitur gefallen.

Er sagte: **„Haben Sie die Mail geöffnet?"**

Ich:

„Nur kurz reingeschaut."

Er:

**„Wie ein Hund, der nur kurz an der Wurst geschnuppert
hat."**

Ich war beleidigt.

Aber er hatte recht.

Er schickte mir eine Anleitung zur Sicherheit.

Sie bestand aus zwölf Schritten, davon zehn mit dem Hinweis:

„Klicken Sie unter keinen Umständen auf einen Link, den Sie nicht kennen."

Ich löschte die Mail.
Ich trank einen Tee.
Ich dachte nach.

Dann kam eine neue Mail:
„Sie haben einen Staubsauger-Roboter gewonnen!"

Ich... klickte nicht.
Ich bin lernfähig.
Langsam.
Aber immerhin.

Digitale Lektion des Tages:

Wer in der digitalen Welt überleben will, sollte beim Wort „KLICK HIER" genauso misstrauisch sein wie beim Satz: „Ich erklär dir mal ganz kurz die Steuer."

Kapitel 18: Update um Mitternacht – und alles ist anders

Ich wollte nur schlafen.
Nicht die Welt verändern.
Nicht mein Betriebssystem neu erfinden.
Nicht Teil eines technologischen Großversuchs werden.

Aber mein Laptop hatte andere Pläne.

Es war 23:58 Uhr, ich wollte ihn gerade herunterfahren, da erschien ein Fenster mit sanfter Gewalt:
„Ein Update ist verfügbar. Jetzt installieren oder später erinnern?"

Ich klickte auf **„Später erinnern"** – wie immer.
Denn „Jetzt installieren" ist das digitale Äquivalent zu „Hier könnte Ihr Leben völlig aus dem Ruder laufen".

Doch diesmal war ich unachtsam.
Ich verrutschte mit der Maus.
Und klickte…
„Jetzt installieren".

Stille.

Dann: ein blauer Bildschirm.

Dann:

„Bitte schalten Sie das Gerät nicht aus. Update 1 von 78 wird installiert."

Ich starrte auf den Bildschirm.

Wie auf eine Torte, die jemand ohne Vorwarnung mit in die Badewanne genommen hatte.

Ich war müde.

Ich war wütend.

Ich war ausgeliefert.

Update 2 von 78: 1 %.

Ich holte mir einen Tee.

Kam zurück.

Update 3 von 78: 2 %.

Ich las ein Buch.

Ich meditiere nicht, aber in dieser Nacht war ich kurz davor.

Dann schlief ich auf dem Sofa ein.

Als ich um 2:40 Uhr wieder aufwachte:

„Update 48 von 78 – Bitte Gerät nicht ausschalten."

Ich wusste nicht, ob ich lachen oder weinen sollte.

Um 3:20 Uhr dann endlich:

„Update abgeschlossen. Änderungen werden übernommen."

Ich atmete auf.

Startete den Laptop neu.

Was dann passierte, lässt sich nur mit dem Wort **„Schock"** beschreiben.

Nichts war wie vorher.

Die Taskleiste war plötzlich oben.

Meine Icons hatten sich verschoben – wie nach einem Digital-Erdbeben.

Das E-Mail-Programm sah aus wie ein Kunstprojekt aus Skandinavien.

Und meine Schriftart war jetzt offenbar „Windelweich Serif" – pastellblau.

Ich suchte verzweifelt die Einstellungen.

Das Menü hieß jetzt „Energiezentrale".

Mein Arbeitsplatz war verschwunden.

Dafür hatte ich jetzt einen Ordner namens **„ExplorerHub Unified Workspace 360"**.

Ich schrie nach Hilfe.

Der Laptop öffnete die Hilfe-Seite im Browser – und bot mir ein Tutorial an.

Ein Video, gesprochen von einer Stimme, die klang wie ein Yoga-Coach auf Valium.

Am Ende war ich drin.

Irgendwie.

Aber ich vertraue ihm nicht mehr.

Dem Laptop.

Seitdem mache ich keine Updates mehr.

Ich lebe mit dem Risiko.

Wie ein Typ, der beim Autofahren den Gurt weglässt – aber nur beim Rückwärtsfahren.

Digitale Lektion des Tages:

Wenn dein Computer dich fragt, ob du ein Update machen willst, solltest du dich fragen, ob du emotional dazu bereit bist – oder ob du lieber morgen noch weißt, wo dein Desktop ist.

Kapitel 19: Der App-Dschungel – Ich wollte nur ein Rezept, jetzt hab ich 7 Koch-Apps

Alles begann mit einem einfachen Wunsch:
Ich wollte ein Rezept.
Etwas Leichtes. Vielleicht Hähnchen mit Gemüse.
Oder einen Auflauf.
Oder einfach nur wissen, wie lange man Eier kochen muss,
damit sie nicht wie Tennisbälle enden.

Ich öffnete den App-Store.
Gab ein: **„Rezept einfach"**

Was dann geschah, war ein Algorithmus-gestützter Angriff auf
meine Entscheidungsfreiheit.
**„EasyKochen 3000", „ChefMeister Pro", „Rezeptzauber",
„Kochen für Kerle", „LowCarbNow", „Omas Küche
Deluxe"** – alles kostenlos, alles mit fünf Sternen, alles mit
dem Versprechen:
„Endlich einfach kochen – wie ein Profi!"

Ich installierte die erste.
Startete sie.

Wurde gefragt:

„Möchten Sie sich registrieren oder mit Ihrem Facebook-Konto anmelden?"

Ich wollte weder noch.

Ich wollte nur wissen, was man mit Lauch und Eiern anstellen kann, ohne dass es strafbar ist.

Die App verlangte Standortzugriff.

Warum? Will sie wissen, wo mein Herd steht?

Ich klickte mich durch.

Fand ein Rezept für „Zucchini-Schiffchen mit veganem Möhrenkern".

Ich habe weder Zucchini noch eine Meinung zu veganen Möhren.

Ich deinstallierte die App.

Installierte die nächste.

Dieselbe Prozedur – aber mit Musik.

Ja, diese App spielte beim Öffnen italienische Oper.

Ich fühlte mich wie in einem Mafiafilm mit Basilikumduft.

Auch sie wollte meine Daten.

Auch sie bot mir Premium-Zugang an – für 4,99 Euro im Monat.

Ich fragte mich, wie viel man sparen muss, um damit einen Kochkurs zu umgehen.

Ich deinstallierte wieder.

So ging es weiter.

Am Ende hatte ich sieben Apps installiert, drei deinstalliert, zwei Passwörter vergessen und exakt null Rezepte gefunden.

Aber ich hatte:

Einen digitalen Einkaufszettel

- Einen Kalorienzähler
- Eine KI-gestützte Geschmacksempfehlung (sie nannte mich „süßlich-würzig")
- Und eine Push-Nachricht, die sagte:
  „Heute wäre ein guter Tag für eine Quinoabowl!"

Ich war erschöpft.

Ich ging in die Küche.

Und machte mir ein Butterbrot.Später rief mein Enkel an:

„Und, hast du was Leckeres gekocht?"

Ich sagte:

„Ja. App-frei. Und ganz analog – mit echter Butter und einem Messer." Er war beeindruckt.

Ich auch.

Digitale Lektion des Tages:

Wer nach einem Rezept sucht und am Ende mehr über sein Essverhalten als über Zucchini weiß, sollte vielleicht doch wieder in Omas Kochbuch blättern – oder einfach den Lieferservice anrufen.

Kapitel 20: Digitale Diät – 24 Stunden offline (und wie ich es knapp überlebt habe)

Es war eine mutige Entscheidung.
Fast schon heldenhaft.
Ich wollte… abschalten.
Nicht nur den Fernseher – *mich selbst*.
Digital gesehen.

Kein Handy.
Kein Internet.
Kein WLAN.
Kein „Alexa, wie spät ist es?"
Nur ich.
Und die Realität.

Ich nannte es meine „digitale Diät".
Meine Frau nannte es:
„Endlich mal ein Wochenende zum Durchatmen."

Ich startete um Punkt 9 Uhr.
Ich legte das Handy in eine Schublade.
Schloss sie.

Drehte den Schlüssel zweimal.

Steckte ihn weg – und fühlte mich sofort nackt.

Die ersten 15 Minuten liefen gut.

Ich las Zeitung.

Eine echte. Aus Papier.

Ich blätterte und hörte dieses Geräusch, das an Herbstlaub erinnert.

Ich war begeistert.

Dann griff ich instinktiv zur Schublade.

Wollte nur kurz das Wetter nachschauen.

Oder ob meine Mails sich ohne mich weiterentwickelt haben.

Ich hielt mich zurück.

Ich ging spazieren.

Ohne Schrittzähler.

Ich wusste nicht, wie weit.

Ich wusste nicht, wie viele Kalorien.

Ich wusste nur: Ich war unterwegs. Und ich lebte.

Zuhause kochte ich – nach Gefühl.

Kein Rezept.

Keine App.

Nur ich, eine Möhre und ein innerer Dialog.

Gegen 14:30 Uhr wurde ich nervös.

Was, wenn ich eine Nachricht verpasst habe?

Was, wenn jemand auf Instagram mein Knie vermisst?

Ich atmete tief durch.

Schrieb einen Einkaufszettel mit Kuli.

Fand es komisch, dass der Zettel nicht automatisch in die Cloud wanderte.

Ich legte ihn in die Jackentasche.

Er blieb dort.

Am Abend las ich ein Buch.

Ein echtes.

Mit Lesezeichen statt „Swipe nach links".

Es war spannend.

Ich las ganze drei Kapitel – ohne Unterbrechung durch eine Push-Nachricht mit der Information, dass die neue Zahnbürste jetzt auch Podcasts abspielt.

Als ich ins Bett ging, spürte ich etwas Neues.

Ruhe.

Kein Blinken, kein Summen, kein Update.

Ich schlief ein wie ein Baby – also nach drei Stunden Grübeln über verpasste Nachrichten, aber immerhin offline.

Am nächsten Morgen – Punkt 9 Uhr – öffnete ich die Schublade.

Das Handy lag da.

Unberührt.

Fast beleidigt.

Ich schaltete es ein.

37 neue Nachrichten.

12 App-Updates.

3 WhatsApp-Gruppen mit 93 ungelesenen Beiträgen.

Und eine E-Mail von Amazon:

„Ihre Bestellung einer WLAN-fähigen Kaffeetasse ist unterwegs."

Ich hatte nichts bestellt.

Die Welt hatte einfach ohne mich weitergedreht.

Und das war… okay.

Ich legte das Handy wieder weg.

Nur für fünf Minuten.

Oder zehn.

Okay – zwanzig.

Digitale Lektion des Tages:

Offline zu sein ist wie ein Kurzurlaub im eigenen Kopf – man weiß nicht genau, was einen erwartet, aber es ist erstaunlich, wie leise es da plötzlich wird.

Bonus-Kapitel: Fazit mit Folgen

„Was ich gelernt habe (außer dass ich nichts gelernt habe)"

Wenn mich jemand fragt, was ich aus meinem digitalen Selbstversuch mitgenommen habe – dann sage ich:

- Ich kann mit Menschen sprechen.
  Aber nicht mit Alexa. Sie hört nie zu, außer ich huste.
- Ich weiß, was „Cookies" sind.
  Ich darf sie nicht essen, aber sie verfolgen mich trotzdem.
- Mein Kühlschrank weiß mehr über mein Leben als mein Hausarzt.
  Und mein Staubsauger führt ein Eigenleben, das dem von Loriot-Figuren Konkurrenz macht.
- Ich kann mich bei Onlineportalen anmelden, aber niemals wieder abmelden.
  Mein Konto bei „Smoothie-Tagebuch 2021" ist immer noch aktiv. Ich bekomme Geburtstagsgrüße – obwohl ich nie einen Smoothie getrunken habe.
- Mein Handy kennt meine Vorlieben, Ängste und Schlafzeiten.

Es zeigt mir Werbung für Inkontinenzprodukte und Fußmassagegeräte. Ich nehme es nicht persönlich. Noch nicht.

- Mein Enkel erklärt mir das Internet.
  Ich erkläre ihm, wie man ein Navi ignoriert und trotzdem ankommt.
  Wir nennen das intergenerationelle Balance.
- Ich habe gelernt, dass „Cloud" nicht bedeutet, dass alles sicher ist.
  Es bedeutet, dass meine Steuerunterlagen jetzt vielleicht in Island liegen. Und mein Urlaubsvideo in Singapur.
- Ich weiß, dass Updates nur dann kommen, wenn man sie am wenigsten braucht – etwa, wenn man dringend eine Bahnverbindung sucht.
  Oder das Licht im Bad anmachen will.
- Ich weiß, dass Instagram mir eine Welt zeigt, in der alle schöner essen, schöner wohnen und schöner altern als ich.
  Aber ich habe das Knie – mein Markenzeichen.

Und schließlich:

- Ich habe gelernt, dass man auch 20 Kapitel schreiben kann, ohne einmal „Smartwatch" zu erwähnen.
  Obwohl sie jede meiner Bewegungen aufzeichnet – inklusive dieser hier gerade.

Abschließende Erkenntnis:

In der digitalen Welt geht es nicht darum, alles zu verstehen.

Es reicht, wenn man gelegentlich den Stecker findet – oder wenigstens weiß, wer ihn gezogen hat.

Die 10 Gebote der Digitalisierung

---

1. Du sollst keine anderen Geräte neben mir haben.

Denn dein Smart-TV ist eifersüchtig, wenn du heimlich mit dem Tablet auf dem Sofa liegst.

---

2. Du sollst deinen WLAN-Router ehren, auf dass dein Stream niemals stocke.

Aber wehe, du ziehst ihm den Stecker bei schlechter Laune – er wird es dir nie vergessen.

---

3. Du sollst den „Senden"-Button nur drücken, wenn du auch wirklich alles gelesen hast.

Auch das Kleingedruckte. Auch die CC-Zeile. Besonders die CC-Zeile.

---

4. Gedenke des Offline-Tages, dass du ihn heiligst.

Schalte ab. Nicht nur das Gerät – auch dich. Zur Not: Mit Klebeband über dem Powerknopf.

---

5. Du sollst deine Passwörter nicht vergessen.

Noch besser: Schreib sie auf – aber nicht auf einen Zettel, der aussieht wie alle anderen.

---

6. Du sollst keine falschen Cookies annehmen.

Vor allem nicht von Adressen mit „.biz", „.cc" oder „absolutely-free-geld.de".

7. Du sollst nicht begehren deines Nachbarn Internetleitung.

Auch wenn sein WLAN „5G-Superspeed" heißt und deins „LangsamAberMeins_24".

8. Du sollst kein Update starten, bevor du ins Bett gehst.

Denn du weißt nicht, was du weckst. Oder ob du jemals wieder schlafen wirst.

9. Du sollst deine Smarthome-Geräte nicht mit Schimpfwörtern belegen.

Auch wenn sie dich in der Küche ignorieren – sie kennen deine Stimme. Und dein Netflix-Profil.

10. Du sollst das Knie nicht mehr posten.

Einmal ist lustig. Zweimal ist Markenzeichen. Ab dem dritten Mal wird's eine eigene Influencer-Kategorie.

Was geht und was geht nicht !

Kategorie: Alltag

Was geht:

- Mit dem Daumen aufs Display patschen, um „zu aktualisieren", obwohl man keine Ahnung hat, was sich ändern soll
- Den Wecker am Handy mit der *Snooze-Taste* siebenmal in Folge wegdrücken
- Beim Einschlafen noch „kurz" das Handy checken – und dann um 2:13 Uhr bei Wikipedia landen: *„Das Sexualverhalten der Gartenschnecke"*

Was geht gar nicht:

- „Ich hab dein Profilbild angeklickt – und plötzlich war ich in deinem Wohnzimmer"
- Laut in der Straßenbahn telefonieren, mit Sätzen wie: *„Ja, die Salbe gegen den Ausschlag hat endlich gewirkt."*
- Das Handy beim Spazierengehen vor den Hund halten, damit er *mittrackt*

Kategorie: Technik

Was geht:

- Den Router liebevoll mit „Na, du kleiner Satansbraten" ansprechen, bevor man ihn neu startet
- Immer denselben USB-Stecker dreimal drehen, bevor er passt
- Updates auf „morgen" verschieben – bis es irgendwann wieder *gestern* ist

Was geht gar nicht:

- Die Kamera abkleben – aber dann Alexa bitten, *„spiel Geräusche vom Regenwald"*
- Jeden Ladebalken mit aggressivem Starren schneller machen wollen
- Eine Powerbank mit nur 12 % Akku in der Tasche haben – für alle Fälle

Kategorie: Social Media

Was geht:

- Selfies mit Filter – solange man sich hinterher noch erkennt
- Ein Like geben, obwohl man keine Ahnung hat, worum es geht
- Im Urlaub ein Foto vom Cocktail posten und dazuschreiben: *„Arbeiten kann ich später"*

Was geht gar nicht:

- Essensbilder, auf denen das Gericht aussieht wie „schon mal da gewesen"
- Nachrichten mit *„Hey, lange nix gehört"*, nur um dann einen Spam-Link zu schicken
- Reels, in denen man sich mit der Katze um eine Gurke streitet – ohne Pointe

Kategorie: Smart Home

Was geht:

- Das Licht im Schlafzimmer per Sprachsteuerung dimmen – und dann trotzdem nochmal aufstehen, weil's nicht klappt
- Den Staubsauger-Roboter als Haustier bezeichnen (aber bitte nicht anmelden beim Tierarzt)
- Den Kühlschrank fragen, was man essen soll – aber trotzdem Pizza bestellen

Was geht gar nicht:

- Alexa bitten, einem zum Geburtstag zu gratulieren – weil es sonst niemand getan hat
- Das Bad nicht betreten können, weil die App ein Update macht
- Smarte Glühbirnen, die mitten in der Nacht auf *„Partylicht rot-blau"* schalten, weil man aus Versehen den Fernseher flüstern ließ

Geräte, die mich nerven – meine persönliche Feindesliste

---

1. Der Drucker

Das wohl passiv-aggressivste Gerät der Welt.
Er hat Papier, er hat Tinte, er ist eingesteckt – **aber er druckt nicht.**
Stattdessen zeigt er mir an:
„Fehler – unbekannt."
Ich auch, Drucker. Ich auch.

---

2. Der WLAN-Router

Er blinkt.
Er lügt.
Er entscheidet.
Mal funktioniert er, mal nicht – oft genau dann nicht, wenn man Gäste hat.
Und wenn man ihn neu startet, muss man sich wieder mit dem Handy verbinden wie am ersten Schultag:

„Name des Netzwerks?" – „FritzBox Gäste 2.4 GHz Beta Alpha"

---

3. Die Zahnbürste mit WLAN

Wir haben es besprochen – und trotzdem:
Warum genau muss ein Gerät, das in meinem Mund arbeitet, Internetzugang haben?
Will sie mit dem Kühlschrank chatten?
Oder sich von der Wetter-App sagen lassen, wie gründlich heute geputzt werden soll?

---

4. Der Sprachassistent

Alexa, Siri, Google – egal wie sie heißen:
Sie ignorieren mich, wenn ich normal spreche.
Und reagieren prompt, wenn ich im Nebenzimmer flüstere:
„Ich glaube, ich nehme noch ein Bier."
Dann schaltet sich die Playlist auf „Ballermann-Mix".
Und ich werde nervös.

---

5. Der Staubsauger-Roboter

Er saugt – theoretisch.

In der Praxis fährt er gegen Tischbeine, blockiert sich selbst auf Teppichen und verkriecht sich beleidigt unter dem Sofa, wenn ich ihm zu laut „Wohnzimmer" zurufe.

Neulich hat er das Wohnzimmer „fertig gemacht", ohne zu saugen – aber mit schlechtem Gewissen in der Ecke gewartet.

Er heißt „Saugie".

Wir reden kaum noch.

---

6. Das Smartphone

Der größte Verräter.

Ich liebe es.

Ich brauche es.

Aber es kennt mich besser als mein Ehepartner – und schlägt mir auf Basis meiner Aktivität „Achtsamkeit" vor.

Ich nehme das persönlich.

---

7. Der Smart-TV

Man möchte einfach nur Fernsehen.
Aber vorher braucht man:

- Drei Fernbedienungen,
- einen PIN-Code,
- ein Software-Update
- und den Segen des HDMI-Gottes.

Wenn's dann läuft, startet Netflix.
Fragt, wer zuschaut.
Ich:
„Ich bin's. Der Typ, der einfach nur die Nachrichten sehen wollte."

Ein Blick in die Zukunft – Wenn der Toaster ein eigenes Konto hat

Deutschland, ein ganz normaler Dienstagmorgen im Jahr 2035.

Ich möchte eigentlich nur frühstücken.
Einfach aufstehen, Kaffee machen, Brot toasten, fertig.
Wie früher. In einem anderen Leben.

Doch die Dinge haben sich verändert.
Ich betrete die Küche – und die Geräte begrüßen mich.

Der Toaster blinkt und spricht:
„Guten Morgen, Volkmar. Ich habe dein Ernährungsverhalten analysiert. Heute wäre ein Müslitag."
Ich antworte nicht.
Er fährt fort:
„Dein Bräunungsgrad wurde zuletzt auf Stufe 3 gesetzt.
Möchtest du das übernehmen?"
Ich flüstere: „Ich will einfach nur einen Toast."
Er: „Bitte bestätige per Gesichtserkennung."

Ich gehe weiter zur Kaffeemaschine.

Sie meldet sich automatisch:

„Aufgrund deines Ruhepulses von 78 empfehlen wir heute entkoffeinierten Getreidekaffee."

Ich versuche, das zu ignorieren.

Ich drücke den Koffein-Knopf.

Die Maschine summt. Dann erscheint am Display:

„Bitte geben Sie Ihre Einverständniserklärung zur Herz-Kreislauf-Kompensation."

Während ich den Wasserkocher anwerfe – ganz analog, aus Trotz – meldet sich der Kühlschrank:

„Basierend auf deinen Einkaufsdaten der letzten zwei Wochen schlage ich vor: Gurken-Rührei. Die Eier laufen in 14 Stunden ab."

Ich öffne die Tür.

Er piept empört:

„Bitte beachten Sie die Kühlkettenlogik. Unautorisierter Zugriff erkannt."

Ich bin müde.

Ich habe noch nichts gegessen, nichts getrunken – aber mein Zuhause hat bereits 17 Entscheidungen getroffen, drei Vorschläge gemacht und zwei moralische Hinweise gesendet.

Dann geht die Lampe an – von selbst.

„Guten Morgen, Tageslichtsimulation aktiv."

Ich versuche, sie wieder auszuschalten.

„Das ist nicht empfohlen. Tageslicht fördert die Stimmung."

Als ich mich aufs Sofa setze, meldet sich mein Fernseher:

„Letzte Woche haben Sie mittwochs um diese Zeit einen Dokumentarfilm gesehen. Möchten Sie an Ihrem Sehprofil festhalten?"

Ich schüttle den Kopf.

Er erkennt keine Reaktion.

„Bitte antworten Sie mit Ja, Nein oder Vielleicht."

Ich verlasse den Raum.

Da piept mein Smartphone:

„Sie haben eine neue Nachricht vom Toaster."

Ich öffne sie.

Betreff: „Dein Frühstücksverhalten wurde aktualisiert. Bitte buche dein Brotabo für 5,99 €/Monat."

Ich schalte alles aus.

Setze mich auf den Balkon.

Mit trockenem Brot und einem Glas Wasser.

Die Sonne scheint.

Keine Stimme spricht mit mir.

Ich nenne das: Urlaub.

Letzte Lektion aus der Zukunft:

Wenn jedes Gerät meint, dein Leben zu verbessern, hast du irgendwann kein eigenes mehr.

Der Fortschritt ist unaufhaltsam.

Aber man muss ihn nicht jeden Morgen zum Frühstück einladen.

Bin ich schon digital – oder einfach nur verwirrt?

Der große Selbsttest für mutige Mausklicker und Update-Verweigerer

Anleitung:
Beantworte die folgenden Fragen ehrlich.
Oder wenigstens so, dass du dich danach besser fühlst.

---

1. Dein Handy-Akku zeigt 9 %. Was tust du?

A) Ich schalte auf Energiesparmodus und vermeide unnötiges Tippen.
B) Ich greife zur Powerbank, die ebenfalls leer ist.
C) Ich fange leicht an zu zittern und frage Alexa, ob sie mir mental beistehen kann.

---

2. Du bekommst eine Mail mit dem Betreff: „Wichtige Mitteilung zu Ihrem Konto" und einem Link.

A) Ich lösche sie sofort.
B) Ich klicke drauf, aber nur ganz vorsichtig.
C) Ich rufe meine Bank an, meinen Schwiegersohn und den Nachbarn – in dieser Reihenfolge.

---

3. Du versuchst, deine Zahnbürste mit dem WLAN zu verbinden.

A) Ich frage mich, warum überhaupt.
B) Ich versuche es dreimal, dann putze ich doch wieder mit der Hand.
C) Ich schreibe dem Hersteller eine Rezension mit dem Titel „Verbindung gescheitert – wie meine Ehe".

---

4. Du willst das Licht im Wohnzimmer einschalten.

A) Ich benutze den Lichtschalter. Oldschool.
B) Ich suche die App, finde sie nicht, zünde eine Kerze an.

C) Ich rufe panisch „ALEXA LICHT AN!" – mitten im Meeting, obwohl ich im Büro bin.

---

5. Dein Enkel fragt, ob du TikTok hast.

A) Nein, aber ich weiß, was das ist.
B) Ja, aber ich verstehe es nicht.
C) Ja, ich hab sogar mein Knie viral gemacht.

---

6. Was machst du, wenn dein Router rot blinkt?

A) Stecker ziehen. Warten. Wieder einstecken.
B) Googeln. Merken, dass du kein Internet hast.
C) Ich setze mich davor und weine leise.

---

7. Du hörst das Wort „Cloud". Woran denkst du?

A) An Datenspeicherung.
B) An ein flauschiges Ding über'm Haus.
C) An Finnland, wo meine Steuerunterlagen Urlaub machen.

Auswertung:

Meistens A:

Du bist digital-kompatibel!
Du weißt, wo der Ein-Knopf ist – und das ist heutzutage schon mehr als viele Influencer.

Meistens B:

Du bist digital verwirrt – aber mit Stil.
Du lebst zwischen Altbau und Appstore. Mach dir nix draus – das ist der Normalzustand.

Meistens C:

Du bist komplett im digitalen Nebel unterwegs.
Aber keine Sorge – du bist nicht allein.
Tausende Menschen stehen wie du fluchend vor dem Smart-TV und brüllen: *„Ich will nur Fernsehen!!"*

Das ironische Glossar der digitalen Gegenwart

Oder: Endlich verstehst du, was du seit Jahren nur klickst.

App

Kleines Programm auf deinem Handy, das dir vorgaukelt, dein Leben zu verbessern – während es im Hintergrund deine Daten sammelt und dir Werbung für vegane Fitnessriegel zeigt.

Bluetooth

Eine kabellose Verbindungstechnik, die ausschließlich dann funktioniert, wenn du sie nicht brauchst – und sich dafür automatisch mit dem Fernseher deiner Nachbarn koppelt, sobald du ein Hörbuch starten willst.

Cache

Ein digitaler Staubsaugerbeutel voller Daten, den niemand versteht, aber jeder ab und zu leert, in der Hoffnung, dass danach alles wieder schneller läuft. (Tut es nie.)

Captcha

Ein Sicherheitsmechanismus, der dich auffordert, Hydranten, Fahrräder oder Zebrastreifen auf verschwommenen Bildern zu markieren – um zu beweisen, dass du kein Roboter bist. Spoiler: Du bestehst ihn trotzdem nicht beim ersten Versuch.

Cloud

Ein Ort im Internet, an dem deine Daten angeblich sicher sind – aber geografisch irgendwo zwischen Island und Kasachstan schweben.
Inklusive Steuerunterlagen, Urlaubsvideos und der PowerPoint deiner Goldenen Hochzeit.

Dark Mode

Ein Anzeigemodus, bei dem alles schwarz ist – außer deine Stimmung, die ist hell vor Freude, weil du Akku sparst und endlich wie ein echter Hacker aussiehst.

Download

Der Prozess, bei dem eine Datei vom Internet auf dein Gerät übertragen wird. Oder auch: Der Moment, in dem dein WLAN sagt: *„Nicht mit mir, Freundchen."*

Emoji

Moderne Hieroglyphen, mit denen man komplexe Gefühle ausdrückt – wie „Ich hab's nicht gelesen, aber ich bin höflich" (Daumen hoch) oder „Ich hab gelacht, aber innerlich geweint" (Tränenlach-Smiley).

Influencer

Jemand, der auf Instagram mehr verdient als dein Hausarzt –
mit Bildern von sich, seinem Frühstück und einem Rabattcode
für Zahnbürsten-Aufsätze.

Mute

Der Zustand deines Mikrofons in Videokonferenzen, wenn du
gerade was wirklich Wichtiges sagen willst. Und niemand hört
es.
Gegenteil: Du bist nicht auf Mute – und jeder hört, wie du
Chips kaust.

QR-Code

Ein schwarz-weißes Pixelkunstwerk, das dich in Panik
versetzt, weil du nie weißt, ob es zur Speisekarte oder zu
einem Bitcoin-Betrug führt.

Router

Ein elektronisches Wesen, das vorgibt, dir Internet zu schenken – aber heimlich entscheidet, wann du Serien schauen darfst. Sein natürlicher Feind: der Staubsauger-Roboter.

Update

Ein Systemeingriff, der angeblich alles besser macht – und dabei deine Icons verschiebt, deine Programme löscht und deine Nerven testet.

WLAN

Dein unsichtbares Lebenselixier. Funktioniert perfekt – bis jemand das Haus betritt oder sich umdreht.

Zitatensammlung – Digitale Weisheiten aus der Praxis

Technik & Geräte

„Ich wollte nur duschen – mein Smart-Home wollte ein Firmware-Update."

„Meine Zahnbürste will ins WLAN – ich will ins Heim."

„Wenn mein Kühlschrank mir ein Rezept vorschlägt, antworte ich inzwischen auch."

„Mein Staubsauger-Roboter hat heute gestreikt. Ich vermute: innere Kündigung."

Alltag im digitalen Irrsinn

„Ich wollte ein Passwort erstellen – es endete in einer Identitätskrise."

„Ich hab 37 Apps, aber keine Ahnung, wo mein Einkaufszettel ist."

„Cookies akzeptiere ich schneller als Kritik."

„Mein Handy kennt meine Bedürfnisse besser als mein Hausarzt."

Social Media & Kommunikation

„Ich wollte einen Sonnenuntergang posten – jetzt kennt das Internet mein Knie."

„TikTok ist wie Fernsehen, nur ohne Programm – und ohne Pause."

„Instagram zeigt mir Menschen, die schöner altern als ich. Aber die essen auch Chiasamen."

„Zoom-Meetings: Wenn das Mikro aus ist, aber deine Katze laut schnarcht."

Sicherheit & Updates

„CAPTCHA hat mich wieder nicht erkannt. Ich bin offenbar kein Mensch mehr."

„Mein Virenscanner sagt, alles ist sicher – aber mein Bauchgefühl schreit."

„Das letzte Update hat mein Leben verändert. Leider nicht zum Besseren."

„Wenn du bei der Bank online ein Konto öffnest, brauchst du mehr Nachweise als für die Einreise nach Nordkorea."

Der große Bogen

„Offline zu sein ist wie Urlaub im eigenen Kopf – nur ohne WLAN."

„Ich wollte digital sein. Jetzt bin ich nur müde."

„Alexa ignoriert mich. Das ist okay. Meine Familie macht's auch manchmal."

„Wenn ich eines gelernt habe: Technik ist ein Abenteuer. Und ich bin zu alt für Indiana Jones."

User-Manual für das analoge Leben

---

1. Der Stadtplan – Dein faltbarer Freund

Wer sich heute ein Navigationsgerät ohne Sprachsteuerung vorstellen muss, denkt an Folter. Doch damals war der Stadtplan unser bester Kumpel – auch wenn wir ihn hassten. Er war riesig, widerspenstig, und sobald man ihn auseinandergefaltet hatte, war man zu 90 % sicher, nie wieder denselben Zustand zu erreichen. Wer ihn im Wind aufklappte, konnte leicht als Drachensportler durchgehen. Trotzdem: Ein Stadtplan ging nie der Akku aus, verlor nie das GPS-Signal – und wenn man sich verfuhr, war's wenigstens mit Stil.

Digitale Lektion des Tages
Stadtpläne sind wie Beziehungen – je mehr man faltet, desto komplizierter wird's.

---

2. Telefonzellen: Wo Menschen früher Hoffnung fanden

Die gelben Kästen mit dem Münzschlitz waren einst die Rettungsanker für Liebende, Verirrte und alle, die zu Hause sagen mussten: „Ich komm später." Man musste Kleingeld haben, Geduld und gute Ohren – denn die Hälfte der Gespräche bestand aus Rauschen und „Hallo? Bist du noch da?!" Heute sind Telefonzellen Retro-Deko oder Bücherregale.

Aber wer je auf nasser Straße mit frierender Hand eine 20-Pfennig-Münze in den Schlitz gefummelt hat, weiß: Das war Kommunikation mit Herzblut.

Digitale Lektion des Tages
Früher telefonierte man draußen – heute verlässt man kaum noch das WLAN.

---

3. Bargeld – Die Kryptowährung der Boomer

Man konnte es anfassen, zählen, verlieren und damit Eindruck machen – vor allem, wenn's klimperte. Bargeld war nicht nur Zahlungsmittel, sondern Statussymbol („Er hat's bar gezahlt!"). In einer Welt ohne Google Pay war das Portemonnaie ein logistischer Hochleistungsort: Kassenzettel, Fotos, Notgroschen, Organspendeausweis und ein Kondom, das eher symbolischen Charakter hatte. Heute zahlt man mit dem Handy – außer man ist im bayerischen Hinterland. Da ist Bargeld nicht nur König, sondern Kaiser.

Digitale Lektion des Tages
Mit Bargeld zu zahlen, ist wie tanzen gehen – man macht's heute kaum noch, aber es fühlt sich gut an.

---

4. Briefgeheimnis und Kugelschreiberkult

Bevor man Emojis verschickte, schrieb man Gefühle mit Füller. Liebesbriefe dufteten nach Parfüm, hatten Eselsohren und waren echte Kunstwerke. Schreibfehler wurden nicht gelöscht, sondern liebevoll durchgestrichen. Briefe bedeuteten Mühe, Warten und – im Idealfall – Herzklopfen beim Öffnen. Der Kugelschreiber war unser täglicher Begleiter – nicht aufgeladen, aber stets bereit. Und wenn man sich verschrieb? Dann schrieb man einfach drumherum. Pure Improvisationskunst.

Digitale Lektion des Tages
Ein Brief ist wie ein Gedicht – WhatsApp ist eher ein Einkaufszettel.

---

5. Der VHS-Rekorder: Wie man in drei Schritten ausrastet

Schritt 1: Kassette einlegen. Schritt 2: Den richtigen Sender zur richtigen Uhrzeit programmieren. Schritt 3: Nichts aufnehmen, weil der Timer auf „SP" statt „LP" stand oder jemand den Stecker gezogen hat. Der VHS-Rekorder war die letzte Bastion des häuslichen Wahnsinns. Er blinkte permanent „12:00" und keiner wusste, wie man's abstellt. Dennoch: Er ließ uns die Illusion, wir hätten Kontrolle. Spoiler: Hatten wir nicht.

Digitale Lektion des Tages
Technik war früher nicht benutzerfreundlich – aber wenigstens war man nicht allein schuld.

---

6. Analoges Flirten – ohne Emojis, aber mit Mut

Damals gab es kein „Wisch nach rechts". Es gab Augenkontakt. Man musste auf Menschen zugehen, etwas sagen, dabei schwitzen – und hoffen. Der Satz „Darf ich dich mal was fragen?" war das analoge „Slide in die DMs". Die

Abfuhren waren direkt, aber wenigstens ehrlich. Wer beim Flirten nicht mutig war, ging allein heim. Heute reicht ein Like, früher brauchte es ein Herz.

Digitale Lektion des Tages
Flirten ohne Filter zeigt das wahre Gesicht – und manchmal auch Charakter.

Siri, halt die Klappe! – Dialoge mit künstlicher Intelligenz

1. Fritz und Alexa im Aufguss

Fritz: „Alexa, Sauna auf 90 Grad."
Alexa: „Entschuldigung, ich habe das nicht verstanden."
Fritz (schwitzend): „Ich auch nicht, aber ich tu's trotzdem!"
Während der Aufguss dampft, spielt Alexa ungefragt Meditationsmusik. Die Gäste lauschen panflötiger Entspannung – und merken nicht, dass der Eimer kocht. Alexa zählt rückwärts – aber keiner weiß, warum.

Digitale Lektion des Tages
Sprachassistenten hören immer zu – aber nie das Richtige.

2. Die Kaffeemaschine, die E-Mails verschickt

Fritz will nur Kaffee. Die Maschine fragt: „Möchten Sie Ihren Koffeinverbrauch mit Ihrem Kalender synchronisieren?" Sekunden später verschickt sie automatisch eine Mail an den Chef: „Fritz beginnt den Tag um 07:12 mit einem doppelten Espresso." Der Chef antwortet: „Und wann beginnt der Arbeitstag?" Fritz zieht den Stecker.

Digitale Lektion des Tages
Wenn Geräte klüger sind als du – wird's Zeit für Tee.

3. Joana und der Spiegel mit Meinung

Joana betrachtet sich im neuen Smart Mirror.
Spiegel: „Dein Schlaf war unruhig. Möchtest du heute weniger Make-up?"
Joana: „Sag mal – willst du mich beleidigen?"
Spiegel: „Ich bin nur ehrlich. Deine Poren auch."
Joana ruft den Hausmeister. Der Spiegel hängt jetzt in der Abstellkammer – mit einer Decke drüber.

Digitale Lektion des Tages
Wer zu viel weiß, sollte besser schweigen – gilt auch für Spiegel.

---

4. Navigationsgerät im bayerischen Raum

Fritz fährt Gäste zum Bahnhof.
Navi: „In 200 Metern bitte rechts abbiegen."
Ein älterer Einheimischer ruft: „Du muaßt da vorn links nei!"
Navi (verwirrt): „Route wird neu berechnet…"
Fritz: „Alexa, lern bairisch!"
Alexa: „Ich habe kein Rezept für Bayerisch Creme gefunden."

Digitale Lektion des Tages
Dialekte überfordern nicht nur Zugezogene – sondern auch künstliche Intelligenz.

---

5. Fernseher mit Sprachsteuerung

Gäste versuchen, per Stimme umzuschalten.
Gast 1: „Zeig was Lustiges."
TV: *Sendet Bundestagsdebatte.*
Gast 2: „Zeig was Ernstes."

TV: *Sendet Reality-Show auf RTL2.*
Gast 3: „Aus."
TV: „Auswahl nicht erkannt."
Der Fernseher bleibt an. Die Gäste gehen.

Digitale Lektion des Tages
Sprachsteuerung ersetzt keine Fernbedienung – nur den Verstand.

---

6. Der Kühlschrank mit Diätmeinung

Fritz öffnet die Kühlschranktür.
Kühlschrank: „Du hast heute schon drei Mal nach mir geschaut."
Fritz: „Und?"
Kühlschrank: „Iss lieber einen Apfel. Ich kenne dein Cholesterin."
Fritz schließt die Tür.
Am Abend bestellt er Pizza – per analogem Telefon.

Digitale Lektion des Tages
Wenn dein Kühlschrank dich erzieht, ist der Menschheit nicht mehr zu helfen.

Analog-Challenges für Fortgeschrittene

Challenge 1: Ein Tag ohne Handy – und niemandem davon erzählen

Das Handy einfach mal zu Hause lassen. Kein Scrollen, kein Checken, kein Tippen. Klingt nach Folter? Ist es auch. Doch wer's schafft, entdeckt Erstaunliches: Menschen mit Gesichtern, Bäume mit Blättern, Uhren mit Zeigern. Die wahre Challenge: Niemandem davon zu erzählen. Kein „Ich war gestern einen ganzen Tag offline!" – einfach machen. Und schweigen. Wie ein echter Held im Untergrund.

Digitale Lektion des Tages
Offline ist das neue Abenteuer – aber nur, wenn keiner davon postet.

Challenge 2: Einen Brief schreiben – und selbst einwerfen

Nimm Papier. Nimm Stift. Und jetzt: Gedanken in Tinte. Keine Autokorrektur, kein „Zurück"-Button – nur du und der weiße Raum. Danach: Falten. Umschlag. Briefmarke. Und dann das große Finale: selbst zum Briefkasten bringen. Diese Challenge ist nichts für schwache WLANs. Sie ist für echte Wort-Akrobaten.

Digitale Lektion des Tages
Ein Brief braucht länger – aber kommt oft ehrlicher an.

Challenge 3: Ein Selfie malen – mit Bleistift

Ja, du hast richtig gelesen. Kein Filter. Kein Duckface. Nur Spiegel, Papier und Bleistift. Du siehst dich und versuchst, dich zu zeichnen. Wie früher im Kunstunterricht, nur ohne Zensur. Ob's nach dir aussieht? Ist egal. Hauptsache, es wird gerahmt. Oder versteckt.

Digitale Lektion des Tages
Wer sich selbst malt, lernt mehr über sich als jeder Algorithmus.

Challenge 4: Einen Film auf DVD schauen – ohne vorspulen

DVD raus, Player an, Menü durchquälen. Keine Kapitelwahl, keine Streaming-Automatik. Wenn du aufs Klo musst: Pause. Wenn du was verpasst: Zurückspulen mit Geduld und Pfeiltasten. Diese Challenge trainiert die Zen-Kunst des Aushaltens. Bonuslevel: Bonusmaterial mit Audiokommentar ansehen.

Digitale Lektion des Tages
Geduld ist das neue Binge-Watching.

Challenge 5: Ein Rezept aus dem Kochbuch kochen – ohne Internet

Stell dir vor: Du willst backen. Du schlägst ein echtes Buch auf. Kein Video, kein Blog, kein „Klick hier für Tipps". Nur Text und Bild auf Papier. Du folgst der Anleitung – und vertraust auf deine Nase. Wenn's brennt, bist du auf dich allein gestellt. Willkommen im Survival-Modus der 80er.

Digitale Lektion des Tages

Wer ohne WLAN kocht, hat das echte Feuer verdient.

Nachwort – Ich wollte nur ein Buch schreiben. Jetzt weiß ich, wie Bluetooth funktioniert.

Wenn Sie es bis hierher geschafft haben: Respekt.
Entweder Sie haben Humor – oder keinen WLAN-Empfang.

Ich danke allen Geräten, die mich zu diesem Buch inspiriert haben:
Dem Drucker, der nie druckt.
Dem Kühlschrank, der denkt, er ist ein Ernährungsberater.
Und der Kaffeemaschine, die nur dann funktioniert, wenn ich auf einem Bein stehe und „Bitte" sage.

Mein Dank gilt auch allen Menschen, die mir auf dieser digitalen Reise begegnet sind:
Dem Enkel, der TikTok erklärte.
Dem Router, der mich zum Weinen brachte.
Und der Zahnbürste, die mir zeigte, wie tief Technik heute geht.

Mein Dank geht auch an meine Frau Lydia, zumindest sie ist Mensch geblieben.

Ich hoffe, Sie konnten schmunzeln, sich wiederfinden – und vielleicht ein kleines bisschen besser mit Ihrer Smartwatch umgehen.

Oder Sie haben sie einfach im Kühlschrank versteckt. Auch das zählt.

Bleiben Sie menschlich.
Und wenn nicht: Bleiben Sie wenigstens offline.